FREIGEIST

Andreas Jesse

Handbüchlein

FSC
www.fsc.org
MIX
Papier aus ver-
antwortungsvollen
Quellen
Paper from
responsible sources
FSC® C105338

Bibliografische Information der Deutschen Nationalbibliothek: Die Deutsche Nationalbibliothek verzeichnet diese Publikation in der Deutschen Nationalbibliografie, detaillierte bibliografische Datensind im Internet über dnb.dnb.de abrufbar.

TWENTYSIX

Eine Marke der Books on Demand GmbH

© 2022 Jesse Andreas, Freigeist

Herstellung und Verlag: BoD – Books on Demand, Norderstedt

1. Auflage, ISBN: 9783740705756

I
Kleines Vorwort

Da ich äußerst etymologisch veranlagt bin, verdanke ich es dem Wort "Klima", welches ein Interesse für Altgriechisch in mir geweckt hatte. Schließlich stieß ich auf die hellenistischen Philosophen - eine Reise begann, auf der ich mich wohl bis zu meinem Ableben befinden werde.

Den Freigeist in mir entdeckend, erfuhr ich die Weisheit per Hintertreppe - löffelweise. So kam es, wie es kommen musste:
Stein um Stein wurde das Haus in meinen Gedanken gebaut, das mir den angenehmsten Ort der Welt schuf - mein Inneres erfuhr eine unbeschreibliche Renaissance.

In diesem Werk spreche ich all diejenigen an, die empirisch, interessiert, sophistisch, kynisch oder auch skeptisch veranlagt sind. Setzen wir uns gemeinsam ans Steuer und lenken den Wagen, der ab und zu die Mauer des Erfahrbaren durchbricht. Am Ende werdet ihr über manch Dingen stehen, die euch stets Kopfzerbrechen machten.

Gerson - besten Dank für deine Hilfe!

II
Gesprochene Sprache

AAAAAAA..... UUUUU..... FFFFFFF.... Es genügten Laute um der Verständigung Willen - von "Anfang" an. Gesten, Zeichen, Mimik, Töne - was einst so klar war, ist nun eine Aneinanderreihung von "Buchstaben", die uns Menschen manchesmal den Verstand raubt. Im Wirbel der Digitalisierung oder auch Zweischrittigkeit verliert sich jede noch so ausgedrückte Emotion. Rollen wir doch gemeinsam die Welt der Sprache auf, um zu verstehen, was Andreas meint.

Ob es Oki-Antenna oder Nuuki oder sonst jemand war, die oder der das allererste "Wort" von sich gab, werden wir niemals in Erfahrung bringen. Feststeht, dass es entweder von "Anfang" an das Wort oder die Sprache gab, aber auch möglich könnte sein, es entstand durch Laute und Töne eine Art der Kommunikation, die man das Gesprochene oder Sprache nennt. Wie auch immer - viele Entitäten sind es völlig unsinnig - für mich zumindest - sie in ihrer Entstehung zu begreifen, da sie zu weit zurückliegen und nur geschätzt werden können. Es gibt Versuche von Historiker/innen, die darauf abzielen, dies herauszufinden. Mir geht es lediglich darum, warum die Sprache HEUTE so existiert, wie sie es in ihrer Art tut.

Sprachen entstanden aus Sprachen, so wie das Deutsche aus dem Indogermanischen. Die Art der Präsenz der Sprache heute ist für mich das Entscheidende. Sind wir im Begriff, etwas Neues daraus zu formen? Ist die Art der Kommunikation nicht etwas *Sprachveränderndes* geworden, welches die Sprache zu einer nicht klar definierbaren Entität macht? Ein Baby teilt die Dinge anders mit - nicht deswegen, weil es nicht sprechen kann, sondern weil es nicht sprechen muss. Es lacht, es weint, es keucht, es schreit, es kommuniziert mit den Augen, Gerüchen und anderen Signalen - es spricht in einer "Sprache", die ALLE verstehen, egal ob Chinesin oder Chilene. Was ist das überhaupt - Sprache? Verstehen wir diese Worte nur beschränkt, verbunden mit Buchstaben? Wo grenzen wir die Sprachen von etwas Ähnlichem genau ab? Wörter wie "Körpersprache" irritieren mich dann völlig und ich bin mir ja selbst nicht mehr sicher, ob ich mit Sprache nicht vielleicht auch etwas meine, das ich gar nicht eindeutig, abgrenzend von Anderem definieren kann.

Als Bub schon war mir das Gesprochene in Wörtern sehr suspekt. Besonders im Schimpfmodus der Erwachsenen widerfuhren mir die unklarsten Herabwürdigungen, die ich ertragen musste. Reichte nicht ein Blick, ein Zeichen, eine Deutung mit einem Körperteil? Nein! Es war immer und immer wieder dieses Gesprochene, das ich in höchstem Maße erhören konnte. Es ist eindeutig: Ich stand schon "damals" in einem sophistischen Dilemma. Sprache gibt Anlass zu Dingen wie Rechtfertigung, Verteidigung, Missachtung, Versprechern und all diesen Begleiterscheinungen, die das Leben eher schwer als angenehm machen.

Fest steht für mich - nach diesen Überlegungen, auch wenn sie vielleicht der lesenden Person etwas labyrinthartig vorkommen - dass Sprache ersetzt werden kann. Ich nenne die Entdeckung meiner eigenen Ausdrucksweise Artikulation oder Farbe, sprich, Chromatik. Hier handelt es sich nicht um einen Versuch, Klugheit zum Besten zu geben, nein, es IST die eine Art und Weise, Philosophie genannt, mich zu präsentieren. Der Augenaufschlag ist ein Instrument, das ich sehr gerne anwende, wenn es um das Annähern zu einer Person geht. Man kann mittels dieser Entität Momente erzeugen, die mit Sprache nicht möglich sind, zumindest von der Emotion her. Zieh das eine Auge hoch, das andere lass spielen. So verlieren sich Ausdruck und Gefühl ineinander, die Situation verschmilzt mit der Zeit zu einer nur für die Sinne definierbaren Ereigniskette an menschlichen Regungen. Genau das macht das Leben so lebenswert.

Wenn ich die Sprache meine, dann beziehe ich mich immer auf die Worte, die aus unserem Munde kommen, die menschliche Sprache. Nicht zu verwechseln mit der Kommunikation der Tiere oder anderen Lebewesen und auch Pflanzen, die mit dem Menschen nichts zu tun haben. Schon alleine der Aspekt, dass ich überhaupt beschreiben muss, was denn in meiner Welt Sprache sein soll, lässt mich dahin tendieren, etwas Anderes zu gebrauchen.

Witz stammt vom althochdeutschen Wort Wizzi ab und bezieht sich auf eine Art Gewitztheit, etwas so zu beschreiben, dass es klug und weise, mit einer Pointe geschmückt, erklärt werden kann. Doch ein Augenkullern ein Achselzucken, ein sich Rümpfen der Nase kann die Chromatik in die Richtung verschönern, Momente zu Erlebnissen zu machen. Wenn ich so weiter mich ausdrücke, werde ich wohl keine Quellenverweise benötigen. Ja, die Welt der Sprache ist für mich unergründlich.

Immer wieder stolpere ich über meine eigens produzierten Widersprüche. Sie schmücken meinen Weg der Ideen, um daraus zu lernen. Selbst die Sprache verwendend, mache ich mir Gedanken, warum es Sprache gibt - ich philosophiere mit einem Instrument, das ich hinterfrage. Will sagen, dass ich quasi etwas versuche in Frage zu stellen, obwohl ich dieselbe Entität hierfür gebrauche. Doch als Entschuldigung kann ich angeben, dass die Sprache eine Entwicklung der Menschheit ist. Entwicklung? Was bedeutet Entwicklung? Hört mir zu, oder, lest weiter.

Ist etwas aufgewickelt, kann man meist das Zentrum nicht sehen. Das Medium befindet sich im Verborgenen. Das Entwickeln ist eine

Art von sichtbar machen auf Dinge, die nur erahnt werden können. Was sich seit jeher hinter Lauten, Tönen und sonstigen Klängen verbirgt, ist eine Form des Ausdrucks, die wir heute mit dem Gesprochenen erzeugen. In den letzten vier bis fünf Jahrzehnten kam eine Entität namens Digitalisierung hinzu, die es leider zulässt, jeden noch so klaren Gedanken in unzählige Wörter zu zerpflücken, um am Ende über das zu reden, was zu anfangs so klar, rein und verständlich gewesen ist. Selbst ich neige dazu, in bunten Schachtelsätzen meiner Meinung Ausdruck zu verleihen, damit ich die Chromatik diverser Gedanken ausführen kann.

Um weiter zu erfahren, wie ein FREIGEIST mit Muße und deren Verbindungen umgeht, wage ich mich über das Thema der "Schule". Daraus könnt ihr dann zwischen Positum, Neutrum, Negatum, Proprium und Ordinarium wählen, deren Kombination - auf die Situation passend - die Vielfalt des Müßiggangs begleiten, aber auch reduzieren. Oder seid ihr bereit, eine neue Art von Verarbeitung der Gedanken anzugehen? Dann biegen wir um die Ecke, nehmen die zweite Einfahrt links und beginnen

zu studieren, in wie vielen geistigen Vorhöfen
man sich begeben muss, um zu verstehen, was
die Muße mit uns macht.

III
Schule

σχολή - so wird Schule auf Altgriechisch geschrieben. Dieser Terminus bedeutet deutsch übersetzt Muße, Müßiggang, Studium oder auch Vorlesung. Jene Übersetzung ist in jedem Altgriechisch-Wörterbuch nachzulesen. Was ist damit gemeint? Warum verwenden wir ein Wort, das mit der Schule von heute im Grunde genommen kaum etwas zu tun hat? Möglicherweise handelt es sich hier ganz sicher um ein Opfer der gesprochenen Sprache, wie bei so vielen Worten im Alltag.

Vor etwa 2300 Jahren lebte ein Mann namens Zenon von Kition, der in einer Säulenhalle der Agora, Markt in Athen, begann, seine stoischen Lehren zu verbreiten. Ich sinniere vor mich hin:

Es ward die Zeit nach Sokrates (469 - 399 v. Chr.) und Platon (427 - 347 v. Chr.), da entwickelte sich in der Philosophie eine neue Richtung zu denken und zu deuten. Zenon von Kition (333 - 262 v. Chr.), Persaios von Kition (305 - 243 v. Chr.) und auch des späteren Sextus Empiricus (2. Jhdt. n. Chr.), der Beschreiber der sympathischen, pyrrhonischen Skepsis, entwickelten nach und nach neue

Weltansichten, denen wir noch heute sehr dankbar sein können. Entitäten wie diverse Naturerscheinungen, Individualität, Kosmologie, Selbstbeherrschung, Gelassenheit, Ataraxie (Seelenruhe) und überdies die Weisheit wurden mit stoischer Ruhe verknüpft, ja, weiter entwickelt.

Meiner Meinung nach war es die ideale Zeit für die Freigeister, deren Aufgabe es war - die ihnen in die Wiege gelegt wurde - die Kunst der Muße, der Ruhe, der Erkenntnis zu erfahren, zu spüren, zu erleben, zu träumen, zu geben und zu verinnerlichen.

Ich, ein sophistischer Kyniker, kann daraus nur meine Hochachtung zum Ausdruck bringen und mich vor diesen tollen Menschen im Nachhinein verneigen. Am Ende dieses Weges steht für mich Hypatia aus Alexandria (345 - 415 n. Chr.), eine kynische Verfechterin des Neuplatonismus, die durch eine grauenhafte Ermordung leider zu früh aus ihrem Leben schied.

Was fasziniert mich so an der Schule, der Muße, den Ideen, der Kosmologie, der Ataraxie oder dem Individualismus? Ist es das, was mich zu einem Freigeist macht? Dann beginne ich wohl mit der Muße, eine meiner Leidenschaften.

Nach all den Erfahrungen aus meinem Leben und der Leben meiner Mitmenschen würde ich die Muße als das bezeichnen, wofür wir Lust haben, es zu tun, um uns dadurch wohl zu fühlen und die Welt und das Leben zu begreifen. Muße verbinde ich mit der Zeit, die man für sich verwendet. Klingt sehr einfach, ist es aber nicht. Wer beschäftigt sich schon wirklich mit sich selbst? Sind wir denn nicht meist um das Andere besorgt? Wo bleibt da Zeit für die eigene Fürsorge? **So bitter es auch sein mag, doch in der heutigen Schule werden die Seelen der Kinder derartig mit Hirngespinsten von selbsternannten Klugköpfen umgarnt, sodass für das Erkennen des Sich-Selbst kaum Zeit bleibt.** Wie vieles an Talenten dadurch auf der Strecke bleibt, zeigt sich spätestens dann, wenn junge Menschen stundenlang vor digitalen Entitäten verweilen und selbst meinen, sie sind im Begriff zu lernen. Geht hinaus, lasst euch inspirieren, lasst euch auf alles ein, das euch bewegt. Pythagoras ist ein Beispiel für das, was ich mit Selbstverwirklichung und Freigeist meine. Er verstand als einziger Bekannter die Welt und das Leben in Zahlen und konnte dies auch durch zahlreiche Erkenntnisse beweisen - sich selbst natürlich.

Die Aussage "Mir ist so langweilig" höre ich sehr oft unter sechs- oder siebenjährigen Kindern. Wenn ich dann frage, was damit gemeint ist, starre ich in Gesichter, die ich fast als ausdruckslos bezeichnen würde. Nicht einmal fähig zu beschreiben, was Langeweile ist, wird behauptet, es sei einem langweilig. Dass der geistige Höhepunkt der Menschheit nach den griechischen Philosophen endete, ist für mich eindeutig. Wir sind an einem Punkt angelangt, der so ziemlich einer der letzten vor dem endgültigen "homo stultus" sich angebahnt hat. Da kommt ab und zu ein bisschen meine kynische Ader durch, doch die ist genau der Weg, den ich mir ausgesucht habe. Musikalisch gäbe es dann auch noch die Möglichkeit, die Zeit zu nutzen - das tue ich. Ebenfalls habe ich mir diesen Weg ausgesucht. Also bin ich ein musikalischer, kynischer Sophist, oder ein sophistischer, musikalischer

Kyniker, oder ein kynischer, sophistischer Musiker. Alle Ausdrucksweisen ergeben den selben Sinn, mich zu beschreiben. Um zu komplettieren: Bin ein musikalischer, kynischer, sophistischer Freigeist, der stets in der Ataraxie das Gleichgewicht sucht, das einem die nötige Balance verleiht, dem Leben die Stirn zu bieten.

Wer Ruhe in seiner Seele trägt, der hat den Vorteil, ausgewogene, reine Gedanken zu spinnen. Das ist ein immenser Behelf im Leben, denn nur die innere Kraft, gepaart mit Ausgeglichenheit, bringt das Licht in die Sache, die man zu bewältigen hat.

Ich führe nun ein paar Bücher und deren Autor/inn/en an, die mir durch die Muße zugeflogen sind. Vielversprechender ist das Finden der eigenen Worte in Hinblick auf das zu Erzählende für euch Lieben, denn ich zitiere niemandes Gedanken - es sind die meinen, die durch das Studieren aus meinem Hirn entsprungen sind:

Stephen Greenblatt: Die Wende

Stephen Greenblatt: Die Geschichte von
                         Adam und Eva
Barbara Tuchmann: Der ferne Spiegel
Wilhelm Weischedel: Die philosophische
                         Hintertreppe
Fritz Breithaupt: Die dunklen Seiten der
                         Empathie
Bertrand Russel: Philosophie des
Abendlandes
Bertrand Russel: Probleme der
Philosophie
Catherine Nixey: Heiliger Zorn
Gilles Deleuze: Die Falte
Paul Feyerabend: Naturphilosophie
Philipp Blom: Die Welt aus den Angeln
Matthias Glaubrecht: Das Ende der Evolution
G. W. Leibniz: Hauptschriften zur
                         Grundlegung
                         der Philosophie Teil I
Yuval Noah Harari: Eine kurze Geschichte
                         der Menschheit

Gerson Jesse: Le club des Cannaiseurs
Sextus Empiricus: Grundriss zur
                         pyrrhonischen
                         Skepsis

Das sind 16 ausgewählte Werke meiner bisher 83 gelesenen Bücher, die ich mir ergriff, um die Muße zu genießen. Ist das nicht eine so angenehme und formende Sache? Der Anstoß zum Denken ist einer der ersten Schritte, die extrem wichtig sind, um in eine Welt zu verfallen, aus deren schöpfenden Gedanken man sich dieses Haus baut, das ich zu anfangs in diesem Buch erwähnte. Im Laufe von Monaten erfuhr ich eine Renaissance meines Selbstbewusstseins, das mir niemand mehr nehmen kann, denn es ist fest verankert in mir selbst. Schauen wir, was der Held gelernt hat, was er verlernt hat, was er erahnte und eintrat und was ihn - mich - so selbstsicher machte.

IV
Held

"Der wahre Held schweigt und hält sich still und bedächtig im Hintergrund - er kennt keinen Neid, weder Argwohn, noch Eifersucht - denn er ist EINS, mit sich SELBST..."

Andreas Jesse

Na, was ist denn ein "Held" und warum fasziniert mich dieser Spruch von mir selbst so sehr? Ihr werdet es erfahren. Ein weiterer Schritt wurde getan, um den Freigeist in mir zu verwirklichen.

Ein Held, eine Heldin, ein Heros, eine Heroin - sie schaffen, sie erschaffen, sie liegen auch nutzlos hinterm Ofen bis - und darauf kommt es an - es die Zeit erlaubt, erzwingt, bewirkt, sich um das zu kümmern, was von Nutzen ist. Es ist jedem Menschen auf der Erde die Gabe in die Wiege gelegt worden, ein Held oder eine Heldin zu sein, zu werden. Das ist es, worauf es hinausgeht - wir alle können Helden, Heldinnen sein, werden. Völlige Losgelöstheit von der Natur der Einschüchterung ist Grundvoraussetzung dafür. Und genau das ist dieser Punkt, der mich daran so fasziniert. Lediglich einen Helden, eine Heldin zu spielen endet zumeist im Desaster oder einer Katastrophe - sprich Untergang - in kleinen Schritten, bis hin zur völligen Zerstörung einer Geschichte, die man bewirken wollte. Da gehört die Muße als Basis dazu, da gehört Mut dazu, Entschlossenheit, Freisein von Lügen, Mitgefühl und das Spüren der Situation. Die gesprochene Sprache ist dabei auch ein leidiges Thema, das uns immer und immer wieder den verdammten Strich durch die Rechnung machen kann. So beschreibe ich nun meinen Weg, der mich mittels Muße, wenig Sprache und harter Selbsterkenntnis zum Helden gemacht hat, zu meinem eigenen Helden. Seid ihr bereit? Bitte sehr:

9. April 1974: Ein Jüngling liegt kurz nach seiner Geburt in einer Entbindungsstation in Klagenfurt in Kärnten in Österreich und pinkelt munter und fröhlich in den daneben stehenden Medikamentenkoffer, der kurz zuvor von der Hebamme geöffnet wurde - meine erste unbewusste "Heldentat". Die Anführungszeichen stehen dafür, dass ich damals noch kein Held sein konnte, aber im Nachhinein betrachtet, war ich ein "Held"-verstanden?

Bis in die frühen 80er Jahre lebte ich mit meinen Eltern Richard Gregor und Hildegard Felicitas, mit meinen Geschwistern Christiane, Kerstin und Iris in Klagenfurt. Da zogen wir aufs Land und schon kam Mitte der 80er mein Bruder Gerson zur Welt. Die Kindheit kann ich als recht unbeschwerlich bezeichnen, da es weder Handy, Internet oder sonst irgendwelche Digitalitäten in unserem Hause gab. Selbst das Schulsystem hab ich ganz gut verkraftet, denn in meiner ungezügelten Frechheit lebte es sich einfacher. Nach Abschluss der Matura der Handelsakademie zog es mich nach Vorarlberg, Osttirol und wieder zurück nach Kärnten, wo ich im Jahre 1999 eine wunderbare Frau namens Martina geheiratet hatte. Von ewiger Liebe kann jeder nur träumen und schon ein paar Jahre später waren unsere Wege getrennt, wobei sie eine gute Freundin bis heute geblieben ist. Ein paar Ausrutscher mit Drogen, eine Geliebte, die ein Kind von mir verlor und ziemliche Ziellosigkeit säumten meinen Weg bis ins Jahr 2008.

Es folgte ein Trip nach Indien, wo ich schon 1995/96 gewesen bin. Dort entstand eine tiefe Freundschaft mit einer Japanerin, aus der unsere Tochter Chiyoko hervorging, die ich leider nur einmal im Jahr 2016 getroffen habe - zu viele Komplikationen waren einhergegangen. 2012 zog ich nach Wien, intensivierte das Selbststudium meiner Gitarren und fand dann die Muße - die wahre Muße, die mich bis heute Hand in Hand begleitet. Viele philosophische Werke und die altgriechische Sprache fielen mir zum "Opfer", denn NOCH wusste ich nicht, WIE ich das alles verwenden sollte.

Ich mutierte, ohne es zu merken, zu einem Freigeist, der von der Muße begleitet zur relativen Seelenruhe, der Ataraxie, fand. Das

Jahr 2018 war eine Art Schlüsseljahr, denn in diesem machte ich die leidige Erfahrung, unbewusst einen Schritt gesetzt zu haben, der zu einem eher harmlosen Bruderzwist führte. Den haben wir übrigens innerhalb kurzer Zeit dann auch bewältigt und seither kann ich die Dinge in und um mich herum verstehen - mit 45 Jahren an Lebenszeit war es mir gelungen.

Obwohl ich an mir arbeite, passieren auch die einen oder anderen Fehler, denn niemand ist unfehlbar. Was macht mich aber zu diesem "selbsternannten" Helden, von dem ich so schwärme? Welche Werkzeuge oder Instrumente setze ich gezielt ein, um mit mir zufrieden zu sein und somit auch den Grundstein gesetzt zu haben, mit allen anderen auch auszukommen?

1.) Ich versuche, **ohne Angst** zu leben. Grundsätzlich hätte ich nur dann Angst in mir, wenn ich merke, dass mein Leben bedroht wird. Das war bis heute so gut wie nie der Fall.

2.) Mit einer hohen **Selbstachtung** ist man gut beraten, vor allem, wenn es darum geht, seinen

Standpunkt zu erkennen und sich nicht für alles herzugeben.

3.) Die **Seelenruhe** ist eine der Entitäten, die ich am meisten liebe. Um zu ihr zu gelangen, braucht es Jahre. Sie stellt diesen Schatten des Baumes dar, in dem ich mich so wohlfühle.

4.) Von Geburt an lebe ich in **Freiheit**. Dieses Gut ist die höchste Form des Lebens an sich und wohnt in der Seele des Individuums vom ersten Herzschlag an.

5.) Ausgeglichenheit äußert sich immer in der **Standhaftigkeit des Gemüts**. Die schwierige Disziplin der Selbstbeherrschung erfordert einen hohen Grad an der Einstellung zu sich selbst.

6.) Zeit meines Lebens bekenne ich mich zum **Mut** und auch in manchen Dingen zur Schüchternheit, aber nicht zur Feigheit. Entschlossenheit unterstreicht diese Entität noch einmal kräftig und kann zusammen mit ihr sehr zielgerecht eingesetzt werden.

7.) Stets bin ich ein Verfechter der **Gerechtigkeit**. Wie ich es mir gegenüber hätte, so sollte ich auch andere behandeln. Hier kommt die Erkenntnis zum Tragen, dass man sich selbst in des anderen Spiegel wieder sieht. Genau die Dinge, die einem am anderen am meisten stören, sind diejenigen, die einem selbst anlasten.

8.) Menschen sind menschlich, doch verlernten wir mehr und mehr die **Menschlichkeit**. Sie äußert sich in der Emotion, die Lieblichkeit hervor bringt. Dies ist die Fähigkeit, einen besonderen Bezug zu Entitäten aufzubauen.

9.) Wenn man etwas ins Lot bringt oder mit Maß und Ziel verfolgt, dann ist es die **Mäßigung**, welche zum Beispiel den Zorn oder den Groll im Keim erstickt. Der Erfolg der Mäßigung ist die Sanftheit.

10.) Mein wohl intensivstes Steckenpferd ist die **Weisheit** und die Liebe zu ihr, die Liebesweisheit oder die Philosophie. Ohne sie säße ich nicht hier und schriebe - oh, wie herrlich und fraulich zugleich.

Ob es Heldinnen oder Helden gibt, die alle diese zuletzt zehn genannten Punkte erfüllen, bleibt mir eine offene Frage. Für mich kann ich behaupten, dass ich ständig daran arbeite, mit natürlichen Pausen, ein gutes Leben zu führen, vor allem mit Weisheit und einer gewissen Seelenruhe. In sehr jungen Jahren nahm ich meinen Zorn, meinen unbändigen, als Anlass dazu, mit gewissen Dingen aufzuräumen. Über zwölf Jahre hat dieser Prozess angedauert, wenn er es nicht heute auch noch tut. Mit sich zufrieden zu sein ist ein Zustand, der sehr wünschenswert ist - für alle, die es so haben wollen. Geschichte zeigt uns, wie hart es sein kann, wenn Veränderungen aller Art diesen Weg zur Selbsterkennung versperren.

Was war mit der gesamten Menschheit in den letzten vierzig bis fünfzig Jahren passiert? Wer selbst in ständiger Veränderung lebt, merkt sie kaum oder erst dann, wenn sie geschehen ist und weiter in sich greift, ohne Rücksicht auf etwaige Verluste zu nehmen. Was einst im Philosophischen gelöst wurde, verhakte sich in der digitalen Sprache, den Medien und Meinungsforschern. Was einst so klar und frei war, schien von einem Geist der Dunkelheit besetzt zu werden. Der Freigeist in mir rief nach Entfesselung - danke Freigeist!

Eventuell bin ich ein Schwankender zwischen Held und Freigeist - na und? Besser so, als ein nicht schwankender Narziss. Gut getan hat mir auch der Wechsel vom Fast-Alles-Esser zum entspannten Ovo-Lacto-Vegetarier. Der isst Eier, Milchprodukte - ziemlich eingeschränkt - und ausschließlich zu einem Großteil Obst, Gemüse, Reis, Nudeln, Wurzeln und so manch Frucht, die er nicht kennt. Dieser Ernährungs-Wechsel passierte im Jahre 2013, als ich den Versuch startete, einen Monat lang nur grünes und helles Gemüse zu essen. Es hat mich neugierig gemacht, selbst zu erfahren, was denn dadurch mit Geist und Körper geschehen wird. Zu anfangs saß ich schon manchmal sehr lange mit Blähungen am WC, denn Erbsen und Kichererbsen und dann noch Kohl setzten mir etwas zu. So begann ich mit einem Selbststudium der Ernährung - wie auch mit vielen anderen Entitäten ich es tat.

Alkohol oder gar Nikotin sind überhaupt nicht auf meiner Speisekarte. Vielleicht mal echt zwischendurch ein Glas Wein, aber das war es schon wieder. Nikotin nur dann, wenn der gedrehte Joint vom Freund nichts anderes zu bieten hat - ich würde sagen, auf 365 Tagen im Jahr passiert das einmal, sicher nicht zweimal, also "so gut wie nie". Ja, da ist das Hirn und die Psyche, sprich Seele, frei. Sagte ich nicht Freigeist - na eben. Neben zu viel Fett meide ich den puren Zucker so wie Fertigprodukte und Speisen, die in Plastik verpackt sind. Bei der Ernährung spielt eben das Drumherum eine sehr wichtige Rolle, denn die Nachhaltigkeit oder das Bewusstsein mit der Umwelt fördern die Seelenruhe, sprich Ataraxie. Alles in allem kann ich mit Sicherheit sagen: Es ist ein Prozess von Jahren gewesen, dahin zu kommen, wo ich jetzt bin. Der Held, der Freigeist, der die soziale Anlaufstelle seiner Umgebung geworden ist und niemals aufgibt. Wo permanent Zurückhaltung an den Tag gelegt wird, genau dort erreicht "Mann" das Herz der Frau - und das ist ein Nebeneffekt, den ich nur zu sehr liebe.

Ist das, was ich weiß, auch wahr und wie sehr wirkt es sich auf mich aus? Ist das, was wahr ist, das was ich bewirke und bin ich deswegen wissend? Ist das, was wirkt wahr und weiß ich dadurch mehr als vorher, was von Nutzen sein kann? Folgt mir bitte ins nächste Kapitel, wenn es um diese Überlegungen geht.

V
Wissen, Wahrheit, Wirklichkeit

In diesem Abschnitt des Buches fordere ich mich selbst sehr heraus, durch Geschriebenes oder beim lauten Lesen durch die gesprochene Sprache das auszudrücken, was eigentlich der Emotion, dem Gefühlten, dem Erlebten und dem Gesehenen zuzuschreiben ist. Wer fühlen, erleben und sehen kann - mitunter beobachtet - der verschwimmt in einem Meer von Wissen, Wahrheit und Wirklichkeit.

Weder Hegel, noch Leibniz oder auch einer meiner Lieblinge, Bertrand Russel, konnten mich beim Lesen ihrer Werke so richtig davon überzeugen, was wissend, wahr oder auch wirklich sein kann, ist oder einfach existiert. Deswegen wird es keine Quellenverzeichnisse am Ende des Buches geben, denn HIER stehen NUR meine EIGENEN Überlegungen und Erfahrungen. Fremde Flöten will ich nicht spielen.

Ein interessanter Gedanke muss HIER unbedingt angeführt werden. Es ist der Gedanke der Zeit und des DAGEGEN lebenden Menschen. Danach starten wir mit Wissen, Wahrheit, Wirklichkeit. Das Wirken und das Wahren haben die Gemeinsamkeit, zu verschmelzen - ineinander. Ob man das aber nun so genau weiß, sei den Lesern überlassen. Bitte folgt nun diesem Gedanken:

......Stell dir ein Kind vor, das Angst hat, im Dunkel der Nacht alleine in seinem Zimmer zu schlafen. Ward selbst davon NICHT betroffen, hatte kaum Angst in der Dunkelheit. Ich kenne aber viele solcher Kinder, die Licht benötigen, um nicht Angst im Bettchen zu haben. Worauf könnte sich diese Angst stützen oder besser gefragt, warum ist diese Entität ein Hauptproblem bei Klein- und -kindern (2 - 8 Jahre alt vor allem) geworden?

Schon der Ansatz ist falsch, dass sich diese Individuen vor der Dunkelheit fürchten. Nein, es ist definitiv NICHT die Dunkelheit, sondern die Angst vor dem Einschlafen und TRÄUMEN! Von zehn eigens befragten Kindern, die zwischen sechs und acht Jahre alt sind, sagten mir schließlich neun davon, es sei die Angst, etwas BÖSES zu träumen. Bitte wie? Warum träumen Kinder "BÖSES", vor dem sie Angst haben?

Das Licht dient dazu, eben nicht einzuschlafen und zu träumen. Es folgt ein unausgeschlafen Sein des öfteren die Woche und Depressionen, Angstzuständen und Angst-Attacken, da das Geträumte für sie MEIST nicht von der Realität unterschieden werden kann. Bin nicht von heute auf morgen darauf gekommen. Kinder, die es nicht kennen, Menschen um sich zu haben, die sich lieben, haben sehr oft Angst, Trauer und permanentes Kopfkino - sie können einem richtig Leid tun. Verankerte Gedanken träumt man übrigens sehr oft - muss nur an MEINE Träume denken, dann weiß ich, was los ist. "Erlebe" sehr trippige Träume, also "Ofen-Gedanken" - sind super und lustig und lehrreich. Zurück zu den Kindern.

Sollte ein Kind einschlafen, was es auch bei Licht tut, träumt es sowieso wieder. Sollte es nicht einschlafen, wird es die ganze Nacht von malträtierenden Gedanken geplagt, bis es davon einschläft und WEITER träumt - der Kreislauf hier ist ein wahres Horrorszenario. Solange die Zustände dazu beitragen, schlecht zu träumen, wird diese Entität immer schlimmer. Das Interessante jedoch an diesem ganzen Problem ist, dass ein Kind ja schon "vorbereitet" ist, schlecht zu träumen und deswegen es vermeidet, einzuschlafen.

Unsere Gedanken drehen sich ständig um das Vergangene, eher selten um das, was werden wird, denn die Zukunft kann niemand voraussagen. Die Vergangenheit kann jedoch immer und immer wieder aufgegriffen und durchgegangen werden, so oft, dass sich dadurch auch die Prognosen und Wünsche für die Zukunft unterbewusst ändern.

Unsere Gedanken laufen sehr oft in die entgegengesetzte Richtung. Im Gegensatz zur Zeit - die läuft vorwärts. Wir können das Ganze auch umdrehen. Fest steht, dass wir Menschen gegen und nicht für die Zeit leben, arbeiten, denken, handeln. Dieser Prozess wird bei diesen schlecht träumenden Kindern von Beginn ihres Lebens an so im Geiste manifestiert, dass ihr ganzes Leben nur eine Hommage an die Vergangenheit bleibt. Auch andere Entitäten tragen dazu bei, in die entgegengesetzte Richtung als die der Zeit zu leben, handeln, denken.

Skurriler wird es bei der Überlegung, dass auch schon über zukünftige Träume nachgedacht wird, weil wir sie eben in der Vergangenheit erlebt haben und entgegen lenken möchten, indem wir als ängstliches Kind das Licht im Zimmer brennen lassen. So wird die Zukunft zur vorprogrammierten Vergangenheit und jedes Mal, wenn es Zeit ist, einzuschlafen, verfallen wir in diese. Wir leben gedanklich in der Vergangenheit, die aber nicht mehr existiert und deswegen - kann man sagen - absolut oder relativ - nicht ist, wird. Pflanzen, Tiere, Steine, Bäume usw. - sie alle sind im Zeitrad nach vorne involviert. Der Mensch hatte seit jeher das Problem, dauernd in die Vergangenheit zu verfallen, indem es immer wieder heißt: "Ja, da kann man aus der Vergangenheit, der Geschichte etwas lernen....". WAS bitte? Wie man es nicht machen soll und permanent macht, weil man ja in die Vergangenheit hineinlebt und unausweichlich immer und immer wieder auf dieselben Probleme und Hürden zutrifft, die sich ins schier Unendliche ergießen können......

Und nun eine Frage zu Wissen, Wahrheit, Wirklichkeit: Träume, Ängste, Zukunft,

Vergangenheit, Gedanken eines Kindes, Denk-Prozesse und desgleichen - was davon würdet ihr Wissen, Wahrheit oder Wirklichkeit zuschreiben? Lasst euch etwas Zeit, denn die folgenden Aussagen lassen die Gedanken spielen und sind irgendwo auch paradox. Ich werde die Geschichten rund um diese "Klein-Kind-Problematik" nicht beleuchten, aber ein anderes Beispiel für Wissen, Wahrheit und Wirklichkeit anführen. Die "Licht-Sache" vorhin soll eine Art Vorbereitung auf die Erläuterungen sein, die nun folgen. Beendet an dieser Stelle bitte vorerst eure Lese-Stunde und ruhet...

Wissen, Wahrheit und Wirklichkeit lassen sich anhand eines sehr klaren Beispieles "sehr einfach" erklären. Nun bin ich der Freigeist, der über sein eigen erwähntes Problem der gesprochenen Sprache stolpert. Sagen wir, nicht ganz, denn wenn du leise liest, ganz leise, also stumm, dann kann man aus der Sprache Gedanken zusammen flechten und die Sache bekommt einen anderen Schliff.

Peter schießt einen Fußball mit solcher Wucht gegen eine Autoscheibe, dass diese zersplittert.

Er rennt davon und wird von einem anderen Kind beobachtet. Dieses wiederum geht zu seinen Eltern und berichtet, dass der Ball absichtlich aufs Auto geschossen worden sei. Die Eltern stellen Peter zur Rede und ein Streit entsteht. Wegen dieses Vorfalls ist Peter beim Ballspielen eher sehr nachdenklich geworden. Hätte ich diese ganze Entität von Beginn bis zum Ende selbst mitverfolgen können, wäre es meine Wirklichkeit. Nur Peter alleine besitzt hier das Wissen, denn er allein WEISS, WAS Sache ist. Der beobachtende Bub, der ihn bei den Eltern verpfeift, kann nur von dem berichten, was auf ihn GEWIRKT hat, also von seiner eigenen Wirklichkeit. Er schwört sogar darauf, dies sei die Wahrheit - das, was er in seinen Gedanken bewahrt hat, doch selbst zieht er die Schlüsse nur aus dem, was er sah, seiner Wirklichkeit. Nicht DER Wirklichkeit, sondern SEINER Wirklichkeit. WIE hat ETWAS gewirkt? Alles klar bis hier her?

Was der Beobachter sieht und was der Ausführende sieht, sind zwei verschiedene Wirklichkeiten, außer sie decken sich, was auch oft vorkommt. Was sie jedoch wissen, ist nach Durchlaufen von Emotionen und

Ausdrücken immer ein etwas anderer Zugang. So passiert es, dass es zwischen Wissen, Wahrheit und Wirklichkeit eine undurchsichtige Verbindung gibt, die eher mit Ataraxie zu begreifen ist, als durch gesprochene Worte. Das Gleichgewicht zu bewahren ist der Schlüssel, um diese Welt des Wissens, der Wahrheiten und der Wirklichkeiten KLAR zu sehen. Deswegen kann ich noch so viele Bücher lesen, es ist zweifelsfrei ein ewiges Hin und Her, mit dem Wissen, der Wahrheit und der Wirklichkeit absolute Ideen zu erleben.

Selig sind diejenigen, die sich in den Schatten eines Baumes legen und die Seele baumeln lassen. Gelassen eben und im Gleichgewicht durch die Seelenruhe sehen sie sich gegenseitig in die Augen, ins Angesicht und lassen sich auf leicht kynisch, reife, wohlklingende Gespräche ein, in die Pausen eingefügt werden, die ihresgleichen in der Kunst des Seins suchen. Anstatt krampfhaft vom Vergangenen zu diskutieren und zu glauben, man weiß, ist es stets dieser Freigeist der Muße, der mich schweigend, still und bedächtig im Hintergrund

hält - ohne Neid, Argwohn oder Eifersucht -
denn ich bin EINS - mit mir SELBST.

VI
Kopie um Kopie - stille Post

Lateinisch "copia" bedeutet ins Deutsche übersetzt Menge, Vorrat und Vervielfältigung. Gedanken kann man vervielfältigen, Produkte ebenfalls. Auch ein Vorrat stellt eine Vervielfältigung von Etwas dar. Wenn ich tausende Bananen lagere, so ist dies ein vervielfältigter Vorrat, obwohl jede Banane ihre eigenen Maße aufweist. Sie sind niemals gleich. Auch deswegen sind sie nicht dieselben. Übersetze ein Kapitel meines Buches ins Englische, dann ins Ungarische und wieder zurück ins Deutsche. Du hast diese Entität vervielfältigt, kopiert oder auch in einer kleinen Menge angelegt. Doch sind es jeweils dieselben, gleichen Bücher?

Ist ein weitererzählter Witz mit unterschiedlicher Mimik und Gestik immer der selbe, der gleiche? Sind Träume von Spinnen sich überhaupt im Ansatz ähnlich? Ist es immer der selbe, der gleiche Sex? Ist es der selbe, der gleiche Kaffee? Der selbe sicher nicht - der gleiche? Finden wir die ungefähren Antworten, um von den Schatten der Bäume inspiriert zu werden. Anhand der "Bibel" ist es eine wahre Freude herauszufinden, was passiert, wenn über einen längeren Zeitraum, von verschiedenen Personen, unterschiedlicher Herkunft und Kultur, Niedergeschriebenes weitergegeben, übersetzt oder vervielfältigt wird.

Mag sein, dass es nicht das Bestreben direkt war, diese Ansammlung an Büchern in einer eigenen Version zu interpretieren, jedoch passiert es trotz allem. Was vom "Urtext" übrig blieb, weiß ich nicht. Wie viele Übersetzungen es tatsächlich gibt, weiß ich nicht. Doch vergleicht man eine Luther-Übersetzung mit einer Neuen-Welt-Übersetzung, dann werden Paradoxa mit Paradoxa übermalt, Geschehnisse aus verschiedenen Blickwinkeln betrachtet, man schwankt zwischen Gott, Herr, König, Prinz, Vater und höchstem Souverän. Es geschieht das, was nicht geschehen darf - die "Urtexte" verschwinden allmählich und ein völlig neues Werk an gesammelten Schriften entsteht. Der eigentliche Sinn blieb maximal zwischen den Zeilen erhalten und DEN wollte ich im Schatten des Baumes, der mir Ruhe spendet, finden. Ich füllte meine Muße mit dem Studieren der verschiedenen Bibeln aus und bemerkte, wie sich Sprache in einer Welt der versuchten Verwirklichung verlor. Was übrig blieb ist die eine Entdeckung, dass es von je her ein Bestreben der Menschen war, Zeit, Gott, Sinn des Lebens und dergleichen zu verstehen und daraus Thesen zu erstellen, die zu Kriegen, Konflikten und Fehden führten. Glanzlichter wie Sokrates, Galen von Bergamo und Hypatia leuchteten nur kurze Zeit, zu kurze Zeit.

Faszinierend, dass gerade die Bibel ein so extremes Beispiel an Wahnsinnigem darstellt, denn wegen dem Glauben an diese entstand ein Krieg, der bis heute andauert und andauern wird, der Krieg der absoluten Wahrheitsfindung. Diese leider kranke Grundlage bildet einen gehörigen Anteil der Basis der Menschheit, die an Gotteskrieg glaubt. Wer daran Gefallen findet, andere durch einen triftigen Grund auf verschiedene Art und Weise zu bekämpfen, der ist dabei, Wut, Groll und Zorn in jede Entität zu legen, welche in Verderbtheit endet. Ein solches "Hobby" nennt man Persönlichkeits-Störung. Obwohl nur kopiert, mutierte die Bibel in ihren Varianten zu einem wahren Virus, der alles um sie veränderte - zum Bösen, zum Bösen?!

Was ist böse, was ist gut und was daran ist wahr oder falsch? Wie oft werden Erklärungen kopiert, bis sie sich doch verändern? Will sagen: Völlig unbeabsichtigt passiert die stille Post unsere Moderne. Im Medientaumel der Extraklasse gelten eigene Gesetze, wenn man überhaupt Gesetze dazu sagen kann. Ständig wechseln neue Regeln in der Führungsebene und es ist kaum zu erkennen, dass eigentlich nur kopiert wird - mit kleinen Fehlern. Diese Entität nennt man "Mutieren". Vielleicht variiert es, oder es kopiert sich zu 99 Prozent. Wir Menschen haben uns in den letzten 2000 Jahren um circa sieben Prozent verändert, obwohl wir uns nur kopiert haben. Was verändert eine Kopie?

Erstens: Die äußeren Umstände
Zweitens: Zufälligkeiten
Drittens: Innere Bedingungen

Menschen, die in der Wüste geboren werden funktionieren völlig anders als Menschen, die in Alaska leben. Kriege, Hungersnöte und klimatische Probleme sind eher bei den Zufälligkeiten zu finden. Im Inneren eines Menschen jedoch ist kein Platz für Digitalität -

hier treffen wir auf unsere Analogie. Sie ist unverfälscht und nicht umzuprogrammieren. Der Mensch unterliegt einem ständigen Wandel in jeder Hinsicht. Vielleicht erleben wir noch den fatalen Kollaps der Wohlstandsgesellschaft in den nächsten drei bis sechs Jahren. Ich kann mir das sehr gut vorstellen. Die Welt geht sicher nicht unter, das ist eine sehr schlecht ausgedrückte Floskel. Der Wohlstand hingegen ist in seiner Kopie zu einer qualitativ zerfallenen Zeitbombe geworden. Warum denke ich so bewertend?

Kopien können sich verbessern, verschlechtern, aber sie bleiben nie die selben Entitäten im Vergleich zu dem Ursprung, sprich, dem Original. Selbst der Mensch verändert sich in seiner Kopie, der Geburten am laufenden Bande. Ist eine Kopie nur dann eine Kopie, wenn ihre Bestandteile völlig von einer Vervielfältigung zur nächsten absolut übereinstimmen? Eine Kopie könnte doch auch eine Entwicklung sein, eine gewollte Vervielfältigung mit dem Charakter des Veränderlichen über eine lange Zeit gesehen. Wissen wir denn zum heutigen Zeitpunkt wirklich ganz genau, was die Kirchenväter

(Sophronius Eusebius Hieronymus, Augustinus von Hippo, Ambrosius von Mailand) an der Bibel veränderten, übersetzten, ergänzten oder verschwinden ließen? Deswegen finde ich das Buch der Bücher, die Bibel, so interessant zu analysieren. Kopie um Kopie führt irgendwann zur Utopie, zum Nicht-Vorhanden-Sein von etwas, das ich Glauben nennen darf. Ja, ich gebe zu, es gibt ganz verlässliche Anhaltspunkte, Niederschriften, aus denen deutlich gewisses Vergangenes der Wahrheit entsprechend festgehalten wurde. Obwohl zum Beispiel viele Schlachten von der Anzahl der Krieger sehr schlecht eingeschätzt wurden. Was sind, um es zu veranschaulichen, Abertausende? Zehntausende? Hunderttausende? Tausende?

Jedenfalls bin ich so richtig in die Bibel eingetaucht. Zu wissen, es handelt sich um viele Niederschriften, die in einem Zeitraum von etwa 3000 Jahren immer und immer wieder kopiert wurden, in vielen Sprachen, in vielen Kulturen, in der Fülle von Diversitäten und Prinzipien. Die Neue-Welt-Übersetzung der Zeugen Jehovas verwendet sehr gerne anstelle von "Herr" und "Gott" das Tetra-Grammaton

JHWH. Damit erscheint eine Art Name von Gott, den die Zeugen Jehovas "Jehova" nennen. Somit reden sie von einem anderen Gott, obwohl dieser aus der Bibel übernommen wurde. Gleiches Buch, verschieden interpretierte Geschichten, die von einem jeweils anderem Gott begleitet wurden. Genau so funktioniert leider Geschichte. Mich hat es richtig elektrisiert, als ich die Bibel nach etwa 25 Jahren wieder in die Hand nahm und sofort feststellen konnte, dass das alles so nicht da drinnen steht, wie ich es erzählt bekommen habe. Das Erzählte ist die Kopie vom Gelesenen. Eine ziemlich miserable Kopie, habe ich festgestellt. Wenn derjenige, der das Gelesene weitergibt, dann muss er zumindest das Gelesene auch verstanden haben und nicht nur erzählt bekommen haben und es teilweise gelesen haben. Es stimmt, dass er es gelesen habe, aber nur zum Teil eben. Das ist der große Unterschied. Eine schlechte Kopie jagt die nächste schlechte Kopie. Ich will versuchen, gute Kopien aller Entitäten anzulegen, bei denen ich das Verlangen danach habe, es zu kopieren.

Na was denkst du, was wir denn alles so kopieren, in unserem Alltag? Na? Ja, wir sind 24 Stunden am Tag damit beschäftigt, Kopien von Entitäten anzufertigen. Wir nennen diese Kopien Gewohnheiten, Attituden, Alltag oder sonst wie. Der Mensch ist eine Kopie von seiner selbst, in all dem, was er tut, denkt und ist. Da kann es schon passieren, dass er rund um sich Kopien erschafft, die das Leben versüßen. Jede Kopie ist eine kleine, unbemerkt in sich tragende Veränderung. Sie bringt uns zu dem, was ich mit Entwicklung bezeichnen würde. Will sagen: Obwohl wir uns nach "fixen" Parametern halten wollen, gelingt es uns unbewusst, die Entitäten so über lange Zeit zu verändern, dass diese selbst die Veränderung in sich verbergen. Veränderungen überdecken weitere Veränderungen über einen so weiten Zeitraum, wodurch wir sie gar nicht wahrnehmen. Wir gehen somit im Einklang mit Veränderungen durch sie hindurch. Wir fertigen Kopien an, von denen wir denken, sie wären unsere fixen Parameter, die uns so sehr erfreuen, doch in Realität sind sie die Mikro-Umwälzungen, die auch unser Altern, unsere Ansätze und Mensch-Sein-Eigenschaften unbemerkt verändern.

Kopien tragen so einige Metaphysik in sich und mit sich durch das Leben. Man muss sie förmlich begreifen, man muss sie sich ergreifen, um zu verstehen, was es für Vorteile hat, die Muße im Kreise der Seelenruhe zu verbringen. Mit ihr können wir die Veränderung bewusster erleben und mit ihr auch umgehen. Hierfür, wenn ich anführen kann, hab ich dies Büchlein unter anderem geschrieben. Es sollte dir helfen, das Nicht-Ausgesprochene zu verstehen. Das, welches wir nicht aussprechen können, denn es liegt ein wenig im Verborgenen und ist nur denjenigen zugänglich, die es bewusst in sich aufsaugen. In der Bibel zum Beispiel hat sich Gott innerhalb von 1500 Jahren von einem donnernden Grollen bis zu seinem Sohn, oder dem Prinzen Jesus Christus gewandelt. Da ist am Ende dieser Schriften nichts mehr, wie es zu anfangs war. Da war doch die Himmel und die Erde? Na fein, das Geozentrische lässt grüßen.

Wer von meinem Bibel-Exkurs von vorne herein schon uninteressiert gestimmt ist, hat nun zwei Möglichkeiten: Das nächste Kapitel einfach zu überspringen wäre Möglichkeit Nummer 1. Mit der Möglichkeit Nummer 2 verbinde ich vielleicht ein Aha-Erlebnis, da man das Kapitel gleich nochmals gelesen hat. Als ich mein fertig geschriebenes Buch das erste Mal durchlas, habe ich genau das getan. Ich änderte dadurch im Nachhinein dieses Kapitel durch Ergänzen von diesen Sätzen. Somit habe ich schon eine Kopie angelegt, die sogar die Urversion "übermalt". Du kannst dir gut vorstellen, was die vielen Übersetzer/innen des Buches der Bücher angestellt haben, um ihren Worten "Ausdruck" zu verleihen. Gibt es eigentlich eine Möglichkeit Nummer 3?

VII
Das Buch der Bücher

Zuerst bringe ich einen Auszug aus einem Buch, das ich vor etwa vier Jahren schrieb. Kurz zur Entstehung: Es ward mir ein Anliegen eines Tages, die Bibel durchzulesen. So fing ich an und konnte nach ein paar Minuten es schon nicht fassen, Widersprüche zu entdecken. Ich las das Buch der Bücher zwei Mal durch, da mich die Passagen richtig fesselten. Anschließend schrieb ich ein Büchlein mit dem Titel:

GENESIS...APOKALYPSE
Empirische Erläuterungen zum Buch der Bücher
von Andreas Jesse

Warum die Frage nach dem **Wie** näher an der Wirklichkeit kratzt,
als die Frage nach dem **Wann**...

"Dies ist mein Beitrag zur Häresie"
(A. J.)

Wenn man aus einem eigens geschriebenen Buch zitieren kann, dann kommt einem das schon fast ein bisschen wunderlich vor - soll auch so sein. Es gibt besondere Paradoxa, die man nicht vergessen kann, da sie so kafkaesk-grotesk sind. Sie stehen in der Bibel, der heiligen Schrift. ......

Nuuki ist mein erfundener Arzt, der in meiner Abhandlung die Schlüsselrolle spielt. Er versucht aus dem Manne die Frau zu kreieren, es gelingt ihm auch. In meiner Idee haben sich menschliche Wesen mit Tieren vermehrt, bis zu dem Punkt, an dem sie in ihrer sexuellen Wollust nach etwas Schönem strebten, das sich untertan zeigt und sich fügt, wenn die unterschiedlichsten Arten von Sexualität und Macht statt fanden.

Zudem frage ich nicht nach der Herkunft des Mannes und auch nicht nach eventuellen Gottheiten. Es handelt sich um eine Annahme, die mir aus dem Studium des Gilgamesh-Epos und anderen Schriften entsprungen ist. Damals, vor etwa vielleicht "xxxxxx" Jahren, früher oder später, gab es ein Übersystem, ein Überwachungssystem, das sich Oki-Antenna nannte. Es vermittelte zwischen Ärzten, Rundschleif-Elfen, Propheten, Göttern und Philosophinnen.

Woher auch immer meine Ideen ruhen, sie lassen einen Verdacht zu. Sie lassen den Verdacht zu, eventuell zu begreifen, WARUM wir HEUTE so funktionieren, wie wir es tun. Meine Muße erlaubte es mir, mich mit diesen angenommenen Entitäten zu beschäftigen und sie gab mir die eine oder andere Antwort auf Fragen, die ich mir niemals zuvor gestellt hätte. Lest mit mir gemeinsam das 8. Kapitel "Nuuki´s Verdacht" durch, das ich aus meinem zuvor erwähnten Buch hierher kopiere, um meine Gedanken zwischen den Zeilen in Euch aufzusaugen. Danach können wir im Schatten der Bäume noch etwas darüber philosophieren, ob es der Freigeist in mir zuließ, völlige Offenheit in den "Ausgang" dieser Sache hineinzulassen. Ein Versuch ist es jedenfalls wert, nachzusinnen, zu spüren, zu erleben, was es hieße, den Geist frei in der Seelenruhe arbeiten zu lassen. Wir lesen:

"8. Nuuki´s Verdacht"

Ingwa und Nuuki haben sich über Oki-Antenna kennen gelernt. Es handelt sich hier um ein

System, das dem Menschen von heute nicht zugänglich ist, da es auf anderer biologischer Basis basiert. Als interaktive Begleiterin möchte ich sie bezeichnen, meine allerliebste Oki-Antenna. Seit einigen Generationen bestreitet Nuuki als Arzt sein Leben. Transplantationen, Zellen-Umwandlung und äußerst komplizierte Operationen sind Nuuki´s Spezialgebiet. Sein Meister-Stück ist der Mino-Taurus, gefolgt vom Greif. Doch der Mensch hat ein sehr durchtriebenes Anliegen: Eine Gehilfin soll her, ein passend Gegenstück, das die Begierden des Mannes befriedigt.

Das menschliche Hirn verlangt nach mehr Sättigung der Anliegen. Noch vor den Chimären oder den Rundschleif-Elfen, lange vor den Wikingern wurde am Gegenstück zum Manne, dem Menschen, unter Schweißtropfen intensiv gearbeitet. Was im Indogermanischen als Gott bezeichnet wird, kann vieles sein. Ich tippe auf eine besondere Erscheinung in der Nacht, wie zum Beispiel den Jupiter. Gleichzeitig könnte Gott ein Vulkan sein, der seine Glut ausspeit. Der Berg Sinai war damals ein Ort, an dem Dampf und Gebrüll zu hören waren. Gott kam mit seinen Engeln in Form von Feuer zu Erden herab. Heftige Erdbeben kennzeichnen manch antike Epoche. Wann immer etwas Übernatürliches in den Augen der Propheten geschah, dann war es Gott.

Nuuki war von diesen Thesen unbeeindruckt. Als er wirkte, aßen die meisten von allen Bäumen, die da waren. Vom Baum des Lebens und vom Baum der Erkenntnis von Gut und Böse aß man, als Mensch und Tier. Als der Mann über Jahrhunderte Verkehr mit den Tieren hatte, bat er Nuuki, ein Gegenstück zu kreieren. Zwei Brüste wie Granatäpfel soll sie haben, eine weiche Öffnung, in die man eindringen kann - so wie beim Tier. Ihre Stimme muss den Menschen erwachen lassen oder einen schönen Traum bescheren. Gemeinsame Kinder wären möglich, ohne tierische Gene.

Selbst wusste der Mensch, der Mann, nicht, woher er kam. Dies hinterfragte man niemals, weil diese Art von Denken gab es nicht. Noch war nicht klar, wie sehr sich die Welt mit der Frau verändern wird. Denn ehe die Tiere existierten, kam der Mensch, die Frau wurde verlangt - bald gehören sie alle der Vergangenheit an und wir können uns darüber unterhalten. Nach der Entdeckung einer wärmeren Klimazone und fruchtbarem Land, war die Zeit gekommen, in der der Mensch sich nach Seinesgleichen sehnte. Adam stellte sich zur Verfügung. Aus dessen Rippe konnte Nuuki Mark und Gewebe entnehmen, Stammzellen, und die Frau generieren - Eva. Nuuki war es, der Adam in den tiefen Schlaf versetzte.

Fruchtbare Böden, traumhaft vitaminreiche Früchte und Pflanzen, aus denen man die besten Essenzen gewann, säumten den tropischen Gürtel, der sich um die Erde schlang. Aus einer Unbefriedigung heraus entstand der Wunsch nach einer Gehilfin. Sie war perfekt. Zarte Kurven, geschmeidige Haare, ein neuer Duft, Haut wie Seide und eine Scheide wurden von Nuuki als Gegenstück zum Manne, der Männin, entworfen und angefertigt. Kurz nach Produktion von Eva fiel Nuuki ein bedeutender Fehler auf, doch da war es zu spät. Der Fehler lag nicht an der Frau selbst, sondern in ihrer Wirkung auf den Manne. Diese Unbekannte war nicht Gegenstand von Nuuki´s Berechnungen, die er anstellte. Eva konnte sogar beim Sex zwischen Befruchtung und nur Lust ihre Empfängnis steuern. Durch die Frau wurde der

Mann erst richtig stark. Bald entstanden die ersten Macht-Kämpfe. Schon die Moabiter und die Kanaaniter wollten diejenigen sein, welche von Gott den Auftrag bekommen, die ganze Erde zu bevölkern.

Adolf Hitler hat den Ausdruck Aria von dem episch-antiken Wort arya - es soll sich hier um die Ur-Rasse mit der ersten Sprache des Menschen handeln. Sie kamen aus den Nebeln des Nordens, große, blonde, blauäugige Gestalten. Über sie ist wenig bekannt. Die Narrative von Nuuki´s Opa verrieten ihm, dass es auf der Erde an ständigen Veränderungen niemals mangelte. Abschnitte von 8 x 3 250 Jahren sind nur ein kleiner Teil aus der ganzen Geschichte rund um unseren Planeten. Weiters liegt in der Nutation der Erde selbst auch nur ein Wimpern-Schlag im Gegensatz zur Entität des Universums. Und genau hier irgendwo haken wir ein, als Nuuki die Rippe Adam´s entnimmt, während er im Tiefschlaf sich befindet. Das Projekt soll die blauäugigen aus dem Norden etwa zurück drängen. Es ist der Erdling dazu verdammt, sich als Stamm über die Erde zu vermehren. Jupiter, Diupiter, Deos, Zeus, Cäsar, Theos, Gott... - sie sind mit ihm.

Selbstverständlich schließen sich Allah, JHWH, Utnapischtim und andere dem esoterischen Kreise an. Wenn sich der Mensch bis jetzt mit dem Tier gepaart hat, Greife und Chimären sich herumtreiben, Sphinxe und Medusen einherschreiten, dann ist es Zeit für eine Schöne! Sie muss so sehr ihn betören, als dass er in sie eindringen möchte! Auf Nuuki´s Schultern liegen eine Menge Lasten. Er kümmert sich nicht um die anderen. Sein Verdacht liegt in der mangelhaften Weitergabe der Mythen. Wahrscheinlich wird die Welt moderner und technisierter und nimmt dem Menschen den Verstand. Da kommt ihm Bedrückendes in den Sinn. In etwa 38 000 Jahren wird wieder jemand an seiner Stelle eine Rippe aus jenem Lebewesen nehmen, das sich etwas ersehnt, einen Gehilfen. Deswegen wissen wir bis heute nicht, wie groß die Penisse der Geschichte wirklich waren... oder noch werden... die Frauen benötigen eindeutig Gehilfen und nicht umgekehrt...

Leise hege ich eine Idee. Ein unlichter Gedanke im hintersten Eck meiner Windungen. Es steigt das Ergebnis der Synapsen hervor. So wie die Menschen die Annunaki verdrängten, werden wir von den Nächsten weg geschafft. Davon bin ich überzeugt. Ich will nicht behaupten, dies stimmt und nichts anderes trifft ein, doch es wäre ehest möglich. Nuuki ist es gelungen, mittels einer Rippe den Manne zu erhalten. Ohne die Frau wären die Mischwesen länger ein Thema gewesen.

Die Reise von der Genesis bis zur Apokalypse lohnt sich eindeutig. Zu dem wird der Blick aufgelockert auf alles sich herum Befindliche. Was kann man nun als Ganzes aus dem Buch der Bücher entnehmen? Damit kann ich gut leben, dass viele Fragen unbeantwortet bleiben. Positiv fällt mir auf, zufriedene, wenn auch sehr wenige, Ergänzungen erhalten zu haben. In der indogermanischen Mythologie taucht auch ein Baum des Lebens auf, ein Adler und eine Schlange. Bekannte Erzählungen verschmelzen in der Geschichte gerne zu Mythen und wirklichen Einzelfällen, die nicht herauszufiltern sind.

Wehe dem, der auf die Schlange vergessen hat! Sie ist das klügste unter den Tieren und lauert hinter den Früchten, die so begehrt sind. Wenn du werden willst wie sie, wie Gott, dann trau *dich, das scheinend Unüberwindbare zu durchbrechen. In ihrem Bilde machten sie sie, als Mann und Frau... Wenn Nuuki´s Pfeife erlischt, dann sollte sich die Runde besser auf den Weg machen. Noch nie hat es jemand gewagt, den Meister in seinen Werken zu stören...*

(Kapitelende)

Hast du das Kapitel bis hier her gelesen? Gut so! Dann macht mal wieder eine Denkpause und genießt die geistigen Momente, die danach sich zu einer neuen Philosophie zusammen tun. Vielleicht liegt der Sinn der vielen Bibel-Übersetzungen darin, dass unterbewusst diverse Ansätze zu Mythen langfristig mutieren, die nicht nur diskutiert werden sondern zu denen neue Feste, Rituale und Kulturen entstehen. Eine Art "Entwicklung" findet hier statt und in erst einigen hunderten Jahren danach kann man getrost auf die "Geschichte" zurück blicken, aus der wir - wie es behauptet wird - Wissen schöpfen (könnten).

"Am Anfang erschuf Gott die Himmel und die Erde." So fängt etwas an, das sich am Ende die erzählte Geschichte, das Buch der Bücher, die Bibel nennt. "Die unverdiente Güte des Herrn Jesus Christus sei mit den Heiligen." Mit diesen Worten endet die Bibel. Beide Sätze sind aus der Heiligen-Welt-Übersetzung der Zeugen Jehovas entnommen. In anderen Bibeln werden andere Wörter verwendet, obwohl mir beim ersten und letzten Satze der Bibel keine gravierenden Sinnesveränderungen in deren Aussagen auffallen.

Will sagen: Kopien verändert durch Zeit schreiben ihre eigene Geschichte, eine, die wir alle divers verstehen können, eine, die viele Lücken aufweist, eine, die über ihren Zeitraum hinweg keine Geschichte mehr ist, vielmehr ein blinder Glaube an Etwas, das anders ist, als das Eine Wahre Ursprüngliche darin. Wir werden es niemals erfahren. Und wenn wir es durch so "Propheten" wie mich erfahren - besser gesagt - wenn man einen tiefen Denkansatz verfolgen darf, dann bitte meine paradoxen Textstellen, die ich in den Bibel-Büchern entdeckt habe. Nach dem gefühlten 23. Male, ein solches

"Delikt" aufgespürt zu haben, musste ich mich diesen Entitäten widmen.

Die Genesis beginnt gleich mit einem richtig treffenden Beispiel. Sterne, Mond und Sonne werden erst später ins Dasein gerufen, als das Licht an sich. In Genesis 1:2 wird berichtet, dass Gott sprach:"Es werde Licht." Erst im Vers 14 kommen die wahren Lichtspender ins Spiel. Im Vers 28 steht dann geschrieben, dass sich der Mensch die Erde und deren Geschöpfe untertan machen sollte, müsste, dürfte. Ab dem Baum der Erkenntnis von Gut und Böse und dem Baum des Lebens wird diese Geschichte richtig komplex und verliert gleichzeitig an Glaubwürdigkeit, da mehr und mehr Widersprüche in sich greifen. Irgendwann ist dieser "gute Gott" kein guter Gott mehr, sondern eher das Tun und Schaffen des Menschen selbst. Genesis 2:1-4 beschreibt dann die Erfindung des menschlichen Sklaven, des Untertan, der die Felder bebaut und die Arbeiten erledigt. Die naive Geschichte von Adam und Eva, welche niemals sinnesgetreu jemals erzählt worden war, ist nur eine zusammengesetzte Kette von Überlieferungs-Brocken der alten Historie. Ein antikes

Übersetzungs-Dilemma läuft mir hier über den Weg. Genesis Kapitel 1 - 4 ist für mich im wahrsten Sinne des Wortes ein reines Zusammenkratzen veralteter Wortfetzen, die eher in die Richtung laufen, die Menschheit müsste ein misslungenes Experiment gewesen sein. Vielleicht sind wir eine Mixtur aus Kosmos-Besuchern & erdlichen Tieren. Nuuki ist und bleibt mein Held dieser Geschichte. Er formt aus Adam´s Rippe eine Frau, in die der Mann eindringen kann - die eine Alles-in-Einem-Person für den Mann ergänzend als seine "Gehilfin" leben soll. Die Männin, die aus der Rippe kam...

Genensis Kapitel 1 - 4 kann man online in den verschiedensten Übersetzungen nachlesen. Viele Passagen drücken dieselben Widersprüche aus. Der allergrößte Widerspruch jedoch ist folgender und danach höre ich mit den Widersprüchen auf:

Wenn es einem "Gott" gelungen wäre, eine Welt zu erschaffen in der die Krone der Schöpfung, der Mensch, Wohlgefallen finden soll, dann wäre genau dieser "Gott" niemals daran gegangen, den Menschen so hart zu prüfen und mit Geboten zu belegen, wie es in den Kopien der Urschriften hervorgeht. Stell dir vor, wir liegen im Schatten eines Baumes, reife Früchte, kühles Lüftchen und ich beginne mit einem Wohlwollen die Menschen um mich mit derben Geschichten zu ärgern, sie vielleicht beim Nicht-Hinhören mit Sanktionen zu bedrohen? Für mich wird Gott an sich in der Bibel schon als ein "Xxxxxxxxx" dargestellt. Als einer, der nur darauf wartet, dem so fehlbaren Menschen, den er gerade auf die "Showbühne" gesetzt hat, eines so richtig auszuwischen. Nein, das ist doch sicher nicht die Geschichte von unserem lieben Gott, oder doch? Muss ein Gott diese Attitude an sich haben, nicht diskutierbar zu sein? Darf er denn kritisiert werden? Angezweifelt? Die Kopien geben der Bibel den Rest. Durch sie ist die Bibel einer Veränderung unterlaufen, die aus ihr eine Pseudo-Bibel gemacht hat.

Als Atheist habe ich einen eher kynischen Zugang zu dieser Gott-Thematik. Bin einer, der nicht an Gott glaubt, ihn aber nicht unbedingt leugnet. Ich kann auch an Gott glauben und mir denken, dass es diesen Gott vielleicht gar nicht gibt. Aber so zu tun, man weiß es und zu behaupten, man glaubt an einen Gott, ist vom Ansatz her eher das Unterdrücken des Wissens, an eine Lüge gebunden zu sein. Es ist mir ein Vergnügen, auf solche Überlegungen zu stoßen, denn sie lassen mich erkennen, dass es sich im Leben auszahlt, wenn man sich mit Dingen beschäftigt, die einem so einiges an geistiger Disziplin abverlangen. Das Lesen der Bibel ist ein wahrer Genuss. Man lernt, eine völlig veraltete Ausdrucksweise, die in moderne Sprache verpackt ist, zu erfassen und zu verarbeiten. Dabei müssen Textpassagen öfters wiederholt werden, um an das vorhin Gelesene anknüpfen zu können.

Der Geist der Kombination wird hier gut trainiert. Immer im Wissen, dass die Bibel ein Geschichtsbuch ist, welches die Menschen über 2500 Mal übersetzten, habe ich das Buch der Bücher zwei Mal durchgelesen und mir dabei die Genesis und die Apokalypse herausgenommen, das Alpha und das Omega.

Nebenbei erwähnt, auch den Koran hab ich mir vorgenommen. Dieser ist für mich anstrengend zu lesen gewesen, denn hier wiederholen sich gewisse Phrasen am laufenden Band. Die Bibel trägt mehr verschiedene "Genres" in sich. Mal sind es Aufzählungen von Generationen, Prophezeiungen, Begebenheiten werden beschrieben, das Leben Jesu wird kurz gestreift, die vernichtenden Schlachten werden geschildert und dazwischen finden sich Gebete, Gebote und Verbote. Am Ende kommt es einem dann doch so vor, als ob "dieses Buch" von einer Person verfasst worden ist. Man käme gar nicht auf den Gedanken, dahinter stünden mehrere Personen, denn man bemerkt die längst sich auf den Seiten verewigten Spuren der Kopien, Fantasien und fehlenden Fragmente.

Abschließend bleibt mir noch der Gedanke am Ende dieses Kapitels übrig zu erwähnen, der besagt, dass mit einer fortwährenden gemeinten Erkenntnis nichts bewiesen ist, wenn sie nur aus einem Glauben entspringt. Man kann zu Wissen nur über ein gewisses Maß an Philosophie und Ruhe kommen, die harmonierend ein Ineinandergreifen zweier Entitäten schaffen, die sich ergänzen. Wie ein guter Wein, reift man über die Jahre. Wie die Meisterin dem Schüler Disziplin beibringt, reift dieser erst über die Jahre. Wie ein Charakter, der sich an seinen ausgeprägtesten Wurzeln orientiert, reift er über eine gewisse Anzahl an Jahren. Es ist sehr sinnvoll, Zeit als ein variables Parameter anzuerkennen, das hin und wieder variiert. Denn die Sekunden selbst, die vergehen, sind immer und immer wieder Kopien, die sich über die Jahre unbemerkt im Sinne verändern...

VIII
Reife

Nicht nur der Wein reift - auch ich und die Zeit reifen... wir reifen ein bisschen vor uns hin... doch Reife bedeutet mitunter ein zu erwartendes Ende... ein Ende von allem...

Und steht denn nicht das Ende vor dem Anfang? Das dazwischen nenne ich Übergang oder versteckter Ort der Veränderung. Veränderung ist ebenfalls eine Vorbotin der Reife. Ich traue mich auch, zu behaupten, das gesamte Leben von Geburt an sei ein Reifeprozess. Wir durchlaufen mehrere dieser Prozesse gleichzeitig in unserem Leben. Geistig, körperlich und in Bezug auf die Lernfähigkeit würde ich derartige Prozesse erkennen. Wäre es möglich, dass die Reife, die wir glauben zu erlangen, die wir wissen zu erlangen, schon ganz am Beginn unseres Lebens ihre wichtigste Zeit durchlebt? Versuchen wir, aus mehreren Perspektiven diese gewisse Reife zu durchleuchten, die wir im Laufe unseres Lebens mitbekommen. Jeder Mensch reift - so lautet meine selbst ernannte Voraussetzung für diese Untersuchung. Wie fängt ein Leben an? Sehr unterschiedlich! Die sehr verwöhnte Wohlstandsgesellschaft beginnt meist im Krankenhaus auf einer ganz normalen Babystation, wohingegen in Ländern wie Afrika, abgelegene Orte in Russland oder irgendwo in Indien am Land die Hausgeburt eine Rolle spielt. Was ist der erste Schritt im Leben eines Menschen in Richtung Reife? Ein reiner Zufall? Ein Fall der zufällt? Ja, so will ich es ausdrücken. Kein Mensch, der gerade geboren wird, hat Einfluss darauf, WIE der Weg seiner Reife beginnt. Welch eigenartiger Gedanke!

Könnt ihr euch noch erinnern? Ich pinkelte in den Medikamentenkoffer. Am 9. April 1974 vormittags begann mein Weg der Reife mit dem Anpissen von Arznei. Plotin hätte seine Freude gehabt. Vielleicht hat mich ja diese Begebenheit schon früh genug überzeugt, zumindest anders zu sein. Im Schulbus zur Zeit der ersten Volksschule mit sieben Jahren sang ich immer lautstark den "Boogie-Woogie-Baby". Ein rebellischer, feiner Geist steckte schon in jungen Jahren in mir. Auf das Althergebrachte wird liebend gerne verzichtet - ich hätte gerne etwas tolles Neues. Es sollte anders sein, ganz anders als vorher. Da kam ich dann oft drauf, dass ich richtig daneben lag, mit diesen anderen Entscheidungen. Einfach nur etwas

Anderes zu kreieren - das macht weniger Sinn, als etwas Altes einfach dem Reifeprozess angepasst weiter zu machen. Der Prozess der Reife ist eine stürmische See, die den Rumpf des Schiffes ganz schön hart treffen kann. Plötzlich wendet sich alles in eine neue Richtung, der Wind kommt dazu wieder von vorne - noch mehr Gegenwind. Wer die Zeichen auf diese Geschehnisse hin früh genug erkennt, der ist mit Glück überhäuft. Doch muss für dieses Glück eben viel vorher getan werden. Das Ziel ist ein altbekanntes - die Seelenruhe zu finden.

Auf diese Entität stoßen wir im Reifen immer wieder. Man wird sie beim ersten Ansteuern nicht erreichen - das sei schon einmal prophezeit. Ein Prozess selbst fängt mit einem Impuls an. Dieser muss von woher kommen. Als Auslöser für den Impuls wird ein Reiz benötigt. So wie der Mensch selbst funktioniert, so spielt es sich in seiner Umgebung ab. Reize treffen auf Sinne und werden durch Impulse mittels Nerven zu analogen Orten geleitet. An diesen Orten geschieht das Leben. Das Leben, so wie du es dir gestaltest. Durch die Fülle der (zu) vielen

Möglichkeiten werden wir als Individuum (zu) sehr mit Reizen beschallt. Wenn du es schaffst, nur die Möglichkeiten in Erwägung zu ziehen, die du erfüllen kannst, dann räumst du dem Lebensfeind Nummer Eins keinen allzu großen Platz ein. *Stress* nennt sich dieses Monster. Dieser Stress verdirbt die Reife zu Fäulnis. Der Körper und auch der Geist übersäuern im wahrsten Sinne des Wortes. Stress ist der unehrlichste Verführer aller Entitäten dieser Welt. Und eher scheint es mir so zu sein, als wären wir durch den Stress selbst das Monster. An dieser Stelle will ich in Erwägung ziehen, dass Stress letztendlich die Reife für immer verderben kann.

Ich bin mir ebenfalls immer völlig im Klaren gewesen, Teil eines Systems zu sein. Nun, laut den Griechen ist das "sistema" das Eine, das aus Einzelteilen besteht, so wie die Erde. Diese Beschreibung sagt ja nichts über die Eigenschaften der Einzelteile aus. Ein eigenes System zu schaffen oder zu leben ist meist symbolisch für einen bestimmten Lebenswandel zu verstehen. Ob ich einem Ganzen oder einem bestimmten Einen angehöre oder ob ich dieses neue System verkörpere, das sich vom alten abhebt, das ist keine Sache, über die ich mir großartig den Kopf zerbreche. Dinge, die ich nicht beeinflussen kann, die sind nicht Teil meiner steten Gedanken. Dieser Auffassung folge ich seit Jahren. Menschen, die sich permanent mit den Dingen der Anderen beschäftigen, verlieren den Überblick über das Eigene. Reifeprozesse werden durch Konzentration auf das Nicht-Wesentliche verzögert oder sogar zum Stillstand gebracht.

Kehren wir zu den Perspektiven zurück, die es uns ermöglichen, verschiedene Einblicke ins eigene Leben zu bekommen, um so auf andere Entitäten Gedanken übertragen zu können. Ich versetze mich in einen Künstler im 16. Jahrhundert in Italien, der über die Reife des Menschen sinniert. Alleine diese damalige Ruhe musste Muße genug gewesen sein. Nun, wir erlauben uns die Worte zu verwenden, die uns zu den besseren Menschen machen:

"Da stand ich an einer Abzweigung und konnte auswählen, die Richtung, nicht jedoch das Ziel, das war unbekannt. Wie hätte ein reifer Mensch entschieden und einer, der noch auf der Suche

nach den Tugenden war, die ihn geleiten sollten? Wir können es nur erahnen, denn wer soll die Zukunft wissen? Läge es an der Reife jetzt, um dieses angespannte Thema der Entscheidung seriös zu behandeln? Ist es nicht das Verspielte selbst, das ich immer zu tun pflegte, das ich stets auswählte? Worin besteht die Reife von Menschen, die fortwährend lachen, aber eine gewisse Klugheit an den Tag legen? Ist es überhaupt ein Bestreben von mir als Mensch, zu wissen wollen, ob es philosophische oder kynische Mitmenschinnen gäbe? Jawohl, dieses Bedürfnis hege ich in mir. Käme es nicht dem Versuch gleich, das Unerfüllte zu bevorzugen - nur um dann auch behaupten zu können, "ja, es war mir ein Vergnügen Reife zu erlangen.... so viele Schriften habe ich studiert." Ist nicht der Studierende der, der es niemals wissen wird, weil er ständig lesen muss? Wo, mein Lieber, meine Liebste, meine Liebsten, steht es geschrieben, dass du als reifer Mensch in alten Jahren sanft entschlafen wirst? Bitte, lasst es mich erstreben und erleben, denn ich will diese Reife bis zur Sättigung genießen, danach in der Lust vergehen!"

In mir wandelt ein tatsächlich mittelalterlicher Poet, einer, der selbst dahin wandelt. "Über die Reife" - wäre ein Titel von mir gewesen und ich müsste in Klöstern versteckt gelebt haben, denn der Häresie hätte ich niemals gespart. Das hätte für mich eine Zeit sein können, um über Reife vielleicht noch mehr nachzudenken, vielleicht auch weniger. Beide Varianten wären möglich, denn zweitere lässt mich die Annahme vorausschicken, ich wäre durch gewisse Umstände vielleicht gar niemals so alt geworden, wie ich jetzt bin. Die Perspektiven, aus denen man die Reife beobachten kann, sind zu viele. Nur aus den möglichen Ansichten ist es dem Anwender gestattet, den besten Nutzen aus einer solchen Sache zu ziehen. Die Fülle der Ansichten ist eine rein quantitative Komponente, welche in den 2020ern ihren voraussichtlichen Zenit erlangt hat. Qualitative Angaben als Mensch über Entitäten von uns zu geben, ist eine komplexe Angelegenheit inmitten der Fülle von Möglichkeiten geworden, aus denen wir zum großen leider blind sind, nur die entsprechenden herauszufiltern. Nicht alles, was möglich ist, ist erfüllbar. In solchen Neigungen und Erwartungshaltungen sollten wir als Menschen nicht permanent verweilen, denn sie nehmen uns die Sicht auf die wahren Dinge weg. Oder ist es die wahre Sicht auf die Dinge? Reine Perspektive? Ich sag es ja, der Welten Angelegenheiten sind es viele, doch nur in der Widmung liegt die Antwort. Widme dich dem Möglichen, dann wirst du das Mögliche auch lernen.

Eine sehr interessante Perspektive auf die Reife kann man in der Philosophie finden. Hier "täumeln" wir - das ist der Mix aus träumen und taumeln - wie ein Blatt, das sich gerade von hoher Stelle eines Baumes gelöst hat, im Gesäusel der Winde, die uns tragen bis an einen Ort, an dem wir uns niederlassen werden. Mit dem Niederlassen ist eine Idee gemeint, mit der wir gerade Eins geworden sind, um zu reifen.

Wie in einem Theaterstück bereisen Philosophinnen die Welt der interessanten Themen, um im Anwenden ihrer Tugenden in der einen Art und Weise die Seelenruhe im Schatten des Baumes erfahren zu können. Einst ein Blatt, das sich dreht, obwohl festgewachsen, entrissen dem Zweige, auf der

Suche nach dem nächst angenehmen Orte des Verweilens. Da ist es schön, wo die Meinung frei sich entfalten kann, so, dass das Individuum Erfüllung spürt. Rote, grünliche, leicht orange-braune Blätter, an Vielfalt nicht zu überbieten, tunlichst zusammengetan, um die nächsten Generationen mit ihrem geistigen Dünger zu dienen. Wo die Blätter verrotten, da bildet sich im fruchtbaren Humus schon der nächste Baum, der nächste Strauch, die nächste Blume - täumelnde Ideen erwachsen aus der verstorbenen Reife, die einst so blühend in die Triebe schoss. Da raufen sich Historikerinnen die Haare, da raucht es in den Köpfen der Wissenschaftlerinnen, da zanken sich die Doktorinnen, da wuselt es an Professorinnen, da drängen sich hilflose, hungernde Menschen um die Lebensmittelausgabe, da grölen junge Männer Parolen für den Krieg, da schreien und weinen die Mütter in den Wehen - Blätter, die an Vielfalt nicht zu überbieten sind.

Bin ich nach dem Lesen eines Buches reifer, belesener, gelangweilt, ernüchtert, nachdenkend - es kommt auf das Buch an. Interessanterweise habe ich mir sehr selten ein Buch zugelegt, das ich dann einfach nicht fertig gelesen habe. Es wäre - und es ist auch - ein weiterer Reifeprozess, trotzdem ein Buch um des guten Willen fertig zu lesen, auch wenn es so manch Hürde in sich trägt. Ist es nicht so, dass es dir eigenartig vorkäme, die Zuhörer deiner Rede würden dich nach einer viertel Stunde verlassen mit dem Denken, dass der Grundgedanke verstanden wurde. Geht es nicht auch um diesen versteckten Anstand den Entitäten gegenüber, den man manchmal aufbringen sollte, um die Tugenden zu schärfen und den triebhaften Menschen etwas auszubremsen? Das würde ich unter die wesentlichen Aspekte einreihen, die dazu führen, eine ästhetische Reife zu erlangen. Ist das nicht ein positiver Ansatz, so etwa durch das Leben zu schreiten? Ohne Angst, mal länger auf eine Antwort warten zu müssen, ohne diesen Anhang von Gier und Ungeduld umher zu wandeln? Oh ja, diese Überlegung lasse ich zum Leben erwecken. Die Ästhetik der Reife ist auf jeden Fall in ihrer Kausalität eine Überlegung wert. Reife als Tugend oder Charakterzug - wo soll ich mich denn da als Philosoph einreihen? Als Gegenstück, als Männin, als Frau hätte ich ein Augenmerk auf

Hypatia gelegt. Ihrer Ausstrahlung hätte ich beim besten Willen nicht widerstehen können.

Die Reife des Lebens liegt darin, auch im unordentlichen Element der Liebe, des Bezugs, des Sich-Wohl-Fühlens, der Vereinigung, der Befriedigung der Gefühle das Mittelmaß zu finden, das mich zu einem erfüllten Menschen auch in dieser Hinsicht werden lässt. Als leicht liebestrunkener Altgrieche würde ich daher schreiten, mit dem Frauensymposium liebäugeln und stolz verkünden:

"... so hätte ich es in der Abenddämmerung darauf ankommen lassen sollen, es dir dankend zu zeigen, wie sehr ich mich auf dich - oh starke Herrin - verlassen kann. In deiner Güte versinke ich vor dir und würde all die Dinge säuberlichst lecken, die du mir vorschreibst, zu lecken. Auf den wunden Knien würde ich dich bitten, oh Gebieterin, keine Rücksicht auf meine Belange zu nehmen, denn nur du bist der eigentliche Sinn in meiner Umgebung, den ich erfahren möchte. Es gibt für mich nur diesen einen Sinne in meinem Dasein, dir zu dienen, dich zu genießen, dich zu spüren. Du bist es, die in mir diesen Helden aufleben lässt, der unermüdlich

an der Wurzel seines Baumes im Garten der Lüste Gedanken abliest, die ihresgleichen suchen. Du bist die Weiblichkeit, die ich erfahren will. Niemals soll das enden, was du in mir entfacht hast."

Leider ist alles endend. Liebe als Reifeprozess ist ein endender Vorgang, der lediglich anfängt, sich selbst in sich zu wiederholen. Wehre diese Wiederholungen gekonnt ab indem du vielleicht sagst: "Das habe ich auch gestern schon behauptet. Doch gestern ist vergangen und es existiert nicht mehr. Lass es uns doch noch einmal tun." Wie schön wäre es, diese einfache Art und Weise auf die Dinge des Lebens zu projizieren. Es wäre der Grundstock für ein wirklich angenehmes Leben. Es wäre der Grundstock für ein reifes Dasein.

IX
Kleines Nachwort

Bevor ich über die Hintertreppe mein Häuschen verlassen werde, um auch einmal von all dem, was mich bewegt, Abstand zu gewinnen, sinne ich noch kurz darüber nach, was ich an Ideen zu Papier gebracht habe.

Ganz langsam rutsche ich mit dem Sessel nach hinten, lege die in Tinte getunkte Feder zur Seite und falte meine Hände so vor mir, dass sich meine Daumen mit deren Spitzen berühren. Vielleicht genehmige ich mir einen Tee, einen "kleinen Ofen" oder gar ein Glas erlesenen Whiskey und dazu ein Stück feine, zarte, selbstgemachte Bitterschokolade.

Widersprüche lösen sich auf, der Wind streift durch das Zimmerchen, da ich immer zwei Fenster geöffnet halte, um Frischluft in mein Gedächtnis zu transportieren. Da kullert schon die erste Träne über meine Wange und sie sagt mir:

"Andreas, du hast den Effekt im Affekt angetroffen, dort, wo ich diejenige bin, die dir durch ihr Erscheinen die Antwort auf all die Fragen geben kann, die noch anstehen."

Andreas Jesse, Wien Josefstadt, 2022

X
Im Garten der Freude

Es gibt sehr wohl einen Überraschungseffekt als auch den Affekt, der ja im Großen und Ganzen die Überraschung im Effekt darstellt. Der Unterschied liegt in der Betrachtung der philosophierenden Person. Ich würde den Überraschungseffekt als wuchtiger empfinden, denn der Affekt beruht immer auf die Situation, wie sie es auch der Effekt verlangt. Spielen wir doch den Ball ein wenig hin und her und gehen wir gar nicht so auf die Detailunterschiede ein als dass wir sie gerade zu empfinden können - schon bei der Betrachtung des Textes fällt dem Schatten am Papier Gewichtigkeit zu. Wo überschneiden sich Affekt und Effekt und wo ist ganz genau diese Falte, die es definiert, auf wessen Seite ich mich befinde?

Nächtens finden die Exkurse der Sonderheiten immer im Garten der Freude statt. Ohne Digital-Schnick-Schnack und ohne die aufgesetzten Mimen der feinen, geschminkten Damen mit Sonnenschirm und Begleitung. Ebenso mangelt es an Herren mit Aktenkoffer und Nadelstreif. Begegnungen sind somit definiert als Affekte oder auch Effekte, die sich zu neuen Geschichten verstehen. Der junge

Gärtner und das quasi Blumen-Burschi der Madame Butterfly - ein und dieselbe Person - flaniert gut gelaunt durch die gesellschaftliche Parkanlage, um für seine Schule des Lebens, sprich der Muße der Erfahrung, Kontakte zu studieren. Wo gibt es **Überschneidungen**? Wer kann was besser und weniger gut leiden? Wohin treibt es die **verstreuten** Menschen? Kann ich Affekt, Effekt und Überraschung überhaupt als Entitäten **begreifen**? Ist die Frage nach einem *Warum* gerechtfertigt, wenn es die Frage nach dem *Was* und dem *Wie* schon lange gab?

Ich fasse in kurzen Worten zusammen: Sind wir durch Überschneidungen oder dem verstreuten Geiste in der Lage, Entitäten als Affekt, Effekt und Überraschung zu empfinden? Könnte es ohne ein *Warum* auch gehen?

Jede Begegnung an sich ist ein Einzelfall, doch die Summe dieser einzelnen Fälle ist regelrecht ein humaner Durchschnitt der Entitäten, die ich niemals angestrebt habe. Will sagen, dass es anfangs des 21. Jahrhunderts nach Christus zu einer Pandemie geworden ist, dass Menschen nicht imstande sind, an einem für sie vorteilhaften, von der Physis und der Natur aus gesteuerten Lernprozess so teilzunehmen, dass es wenigstens für jeden die große Chance oder aufgelegte Möglichkeit gäbe, die Dinge in der einen Art und Weise zu erledigen, welche am Ende in ihrer Summe *Frieden* ergeben. Wir lernen nicht aus der Geschichte, nur von uns selbst. Wenn mir jemand erzählt, es müsse Krieg geben, um aus ihm zu lernen, dann kann ich nur schmunzelnd erwidern, dass es nicht Tote geben muss, um den Tod zu begreifen. Die allererste Instanz sind wir selbst. Ob durch Affekt oder Effekt, ob durch Überraschung oder planmäßigem Erledigen von Dingen - wir sind es selbst, die ihren Weg vorgeben.

Ist der Effekt einer schönen Frau nicht die wohltuende Bewegung, an der sie dich teilhaben lässt? Oder ist es nicht der Affekt des feinen Herren, der stolz mit seinem Stehvermögen die Wogen der aufgebrachten Stephanie glättet? Wird denn nicht einmal fast alles zur Tatsache und der süße Wind der Überraschung ist nur noch ein kleiner Teil der geübten Vorahnung? Kann denn spätestens hier ein *Warum* angebracht werden, um die Ausnahmen der Regel zu bestätigen? Nein! Ich will dieses *Warum* nicht. Doch ich kann es nicht wollen oder ich kann es einfach sein lassen, ohne Anteil daran zu nehmen. Dann gönne ich dem Einen und dem Anderen jeweils die angebrachte Anerkennung. So könnte der Affekt immer in einem Effekt enden. Mit der Zusatzoption einer Überraschung wäre dieses Set perfekt für das Ding des Jahres 2022 - zumindest in Österreich.

Verpackt als "Philosophie-Kiste" würde ich es an alle Haushalte des Landes schicken lassen, damit sehr wohl die wachen Seelen das *Warum* nicht verwenden, indem sie es begreifen. Lasst mich die verstreuten Menschen noch besser erklären. Meist ist die Überlastung des Denkprozesses erst dann deutlich spürbar, wenn die letzten Reserven knapp am Ende sind. Will sagen, ein Kollaps ist fast so gut wie vorprogrammiert. Durch das mögliche Vermeiden eines solchen Kollaps lässt es sich viel angenehmer leben. Das Blumen-Burschi oder der junge Gärtner kann im Garten der Freude die Semantik in vollen Zügen genießen. Weder Affekt noch Effekt, weder die Überraschung an sich oder der Weg zu all diesen Entitäten ist ihm von grober Wichtigkeit, denn er lässt sie alle einfach zu.

Die ansehnlichen Dinge begreift er in vollen Zügen, obgleich der Damen steter Blick auf seine Augen gerichtet ist. Noch vor nicht allzu langer Zeit sah ich ihn, diesen Schurken, diesen frechen, ungenierten, ungemein verspielten Träumer, der im Jahr bis zu einem viertel Kilogramm pures Marihuana verrauchen soll. Er streifte durch diesen Garten der Freude, er begriff all die Bilder, sie konnten Frohlocken in seinem Gesichte erkennen. Der unbekümmerte Freigeist, der seine Muße darin auslebte, indem er lebte, ist noch heute ab und zu in diesem ominösen - so sagt man - Garten der Freude zu sichten. Wenn man ihm folgen kann - er ist schnell und gewandt - dann verschwindet er meist in einem kleinen Häuschen hinten an der Waldes-Lichtung.

Doch nicht dass ihr glaubet, er schreitet dort durch die Tür an der Vorderseite des Hauses... Nein, er benützt ständig diese unscheinbare Hintertreppe. Sie verliert sich nebst dem Haupttor. Sie ist kaum sichtbar bei schnellem Hinschauen. Jene einfache Hintertreppe ist es, die der sophistische Kyniker fast täglich nimmt, um nach dem wohlverdienten Spaziergang seine Ideen zu Papier zu bringen. Nun, genaueres weiß man über diesen Menschen nicht, doch ward dies ihm stets ein Anliegen selbst. Dort, wo es mir die Muße erlaubt, meinen eigenen Garten um mich zu kreieren und dort wo es mir der freie Geist geradezu serviert, hübsch über die Hintertreppe zu verschwinden, dort hat die Semantik ihren Ursprung für mich genommen. Wer die Zeichen rechtzeitig erkennt, wird diese Schritte immer ohne einen zu schnellen erledigen können. Ob mich die Leute im Garten der Freude mal sehen oder ob sie mich nicht immer bemerken - man weiß nach Jahren der Symbiose noch lange nicht, wohin diese Hintertreppe denn wohl führt. Es wird merklich immer ein nettes Geheimnis bleiben, was in dem Zimmerchen mit den zwei Fensterchen passiert - die gewichtigen Erkenntnisse erfährt man meist nur zwischen den Zeilen und das ist gut so. Eine eventuelle Abhandlung über die *Reife* werde ich nach sorgfältiger Abwägung mir ersparen, zumindest nicht veröffentlichen. Da ist sie wieder, die Seelenruhe...

XI
Quellenverzeichnis

Nicht von Nöten, denn wer spielt schon gerne mit fremden Flöten?

XII
Namensregister

Ein Register der Namen schien mir als nicht notwendig, denn nur das von Anfang bis zum Ende Gelesene ergibt die Einheit, die es verdient, verstanden zu werden.